À tous les membres de la famille

L'apprentissage de la lecture est l'une des réalisations les plus importantes de la petite enfance. La collection *Je peux lire!* est conçue pour aider les enfants à devenir des lecteurs experts qui aiment lire. Les jeunes lecteurs apprennent à lire en se souvenant de mots utilisés fréquemment comme « le », « est » et « et », en utilisant les techniques phoniques pour décoder de nouveaux mots et en interprétant les indices des illustrations et du texte. Ces livres offrent des histoires que les enfants aiment et la structure dont ils ont besoin pour lire couramment et sans aide. Voici des suggestions pour aider votre enfant avant, pendant et après la lecture.

Avant

Examinez la couverture et les illustrations, et demandez à votre enfant de prédire de quoi on parle dans le livre.

Lisez l'histoire à votre enfant.

Encouragez votre enfant à dire avec vous les formulations et les mots qui lui sont familiers.

Lisez une ligne et demandez à votre enfant de la relire après vous.

Pendant

Demandez à votre enfant de penser à un mot qu'il ne reconnaît pas tout de suite. Donnez-lui des indices comme : « On va voir si on connaît les sons » et « Est-ce qu'on a déjà lu un mot comme celui-là? ».

Encouragez l'enfant à utiliser ses compétences phoniques pour prononcer d'autres mots.

Lorsque l'enfant a besoin d'aide, lisez-lui le mot qui pose un problème, pour qu'il n'ait pas trop de mal à lire et que l'expérience de la lecture avec les parents soit positive.

Encouragez votre enfant à lire avec expression... comme un comédien!

Après

Proposez à votre enfant de dresser une liste des mots qu'il préfère.

Encouragez votre enfant à relire ses livres. Il peut les lire à ses frères et sœurs, à ses grands-parents et même à ses toutous. Les lectures répétées donnent confiance au jeune lecteur.

Parlez des histoires que vous avez lues. Posez des questions et répondez à celles de votre enfant. Partagez vos idées au sujet des personnages et des événements les plus amusants et les plus intéressants.

J'espère que vous et votre enfant allez aime

D1096750

Mme Friselis

Liza

L'autobus magique est une marque déposée de Scholastic Inc.
Conception graphique : Rick DeMonico

Édition publiée par les Éditions Scholastic,
604, rue King Ouest, Toronto (Ontario) M5V 1E1

5 4 3 2 1   Imprimé au Canada   119   10 11 12 13 14

Cataloguage avant publication de Bibliothèque et Archives Canada
Smith, Elizabeth
L'autobus magique parmi les requins / Elizabeth Smith ;
illustrations de Carolyn Bracken ; texte français d'Isabelle Allard.
(Je peux lire!)
Traduction de: The magic school bus and the shark adventure.
Pour les 5-7 ans.
ISBN 978-1-4431-0190-5

1. Requins--Ouvrages pour la jeunesse. I. Bracken, Carolyn II. Allard, Isabelle
III. Titre. IV. Collection: Je peux lire!

QL638.9.S5414 2010   j597.3   C2010-900356-X

L'autobus magique parmi les requins

Jérôme Raphaël Kisha Pascale Carlos Thomas Catherine Hélène-Marie

Elizabeth Smith

Illustrations de Carolyn Bracken
Texte français d'Isabelle Allard

**Inspiré des livres *L'autobus magique*
écrits par Joanna Cole et illustrés par Bruce Degen.**

L'auteure souhaite remercier George Burgess, directeur du programme
de recherche sur les requins du Musée d'histoire naturelle de la Floride,
pour son aide durant la préparation de ce livre.

Éditions
SCHOLASTIC

Nous étudions les océans.
— Faisons une peinture murale pour montrer ce qui vit dans l'océan, dit Mme Friselis.

— Est-ce que je peux peindre ceci? demande Kisha. Je l'ai trouvé sur la plage.
Nous regardons ce qu'elle a apporté. Personne ne sait ce que c'est.

— Allons voir ce qu'est une bourse de sirène, dit Mme Friselis. Montez dans l'autobus!

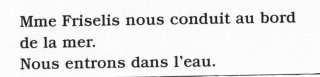

Mme Friselis nous conduit au bord
de la mer.
Nous entrons dans l'eau.

L'autobus magique entre dans l'eau!
Il se transforme en poisson, avec
des nageoires et des branchies.
C'est un autobus-poisson!

Que de choses à voir sous l'eau!
— Je vois des requins et des poissons, dit Raphaël.
— Les requins sont des poissons, explique
Mme Friselis.

Mme Friselis nous conduit tout près
d'un requin pour que nous puissions
mieux l'observer.

REQUIN-NOURRICE
2 À 2,7 MÈTRES DE LONG

UN POISSON DIFFÉRENT!
par Thomas

Les requins ont des
branchies, des nageoires
et des écailles, comme les
autres poissons. Mais ils sont
différents. Leurs écailles
sont de petites bosses dures.
Leur squelette n'est pas
fait d'os, mais de cartilage,
comme tes oreilles et
le bout de ton nez.

L'autobus-poisson s'enfonce dans les profondeurs de l'océan.
Une bête énorme nage au-dessus de nous.
C'est un requin-baleine!
— Ne vous inquiétez pas, dit Hélène-Marie.
Ce requin ne nous fera aucun mal!

LE PLUS GRAND DES REQUINS
par Pascale

Le requin-baleine est le plus grand poisson du monde, mais il se nourrit des plus petits organismes : de minuscules plantes et crustacés appelés plancton.

PLANCTON

REQUIN-BALEINE
JUSQU'À 18 MÈTRES DE LONG

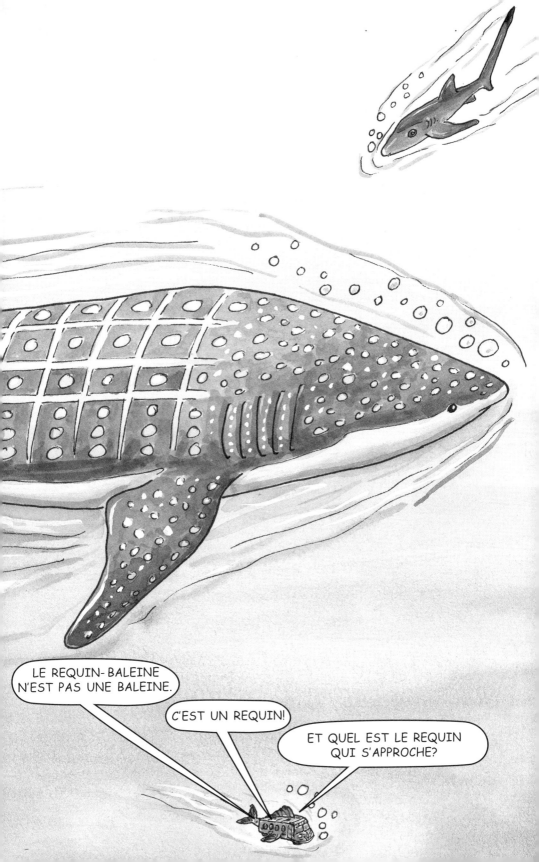

Un autre gros requin nage vers nous.
— Est-il dangereux? demande Jérôme.
— Seulement s'il a faim, répond
Mme Friselis.

REQUIN-RENARD À GROS YEUX
3 À 4 MÈTRES DE LONG

FRUITS DE MER!

par Kisha

Presque tous les requins chassent pour se nourrir. Les petits requins mangent de petits poissons, des palourdes, des crabes, des calmars et des pieuvres. Les gros requins mangent de plus grosses proies, comme des phoques, des dauphins, des tortues de mer et même d'autres requins.

NOTRE AUTOBUS EST COMME UN POISSON DANS L'EAU.

JE PRÉFÉRERAIS QU'IL SOIT COMME UN AUTOBUS SCOLAIRE!

Un requin s'approche de l'autobus-poisson.
Il ouvre grand la bouche.
— Regardez ces centaines de dents, dit
Mme Friselis. Elles poussent en rangées.

REQUIN CITRON
2,7 À 3,4 MÈTRES DE LONG

C'EST UN REQUIN CITRON.

S'IL EST PRESSÉ, IL FAIT DE LA LIMONADE?

NON, RAPHAËL! IL DOIT SON NOM À SA COULEUR JAUNÂTRE.

Nous regardons les dents du requin citron.
Elles sont longues et pointues.
— Quand une dent tombe, une dent du rang
arrière vient prendre sa place, explique
Mme Friselis.

SUPER SENS
par Raphaël

Les requins peuvent entendre les sons à des kilomètres à la ronde. Ils peuvent sentir une minuscule goutte de sang et même percevoir les battements de cœur d'un poisson!

Boum!

Boum!

Boum!

Le requin citron se tourne vers nous.
— Je crois qu'il a faim, dit Mme Friselis.
Partons d'ici!
L'autobus plonge aussitôt plus bas!

Nous nous cachons parmi les algues.
Le requin poursuit un autre poisson.
Il y a beaucoup d'animaux dans les algues.
Mme Friselis nous donne des masques de plongée.
Nous les mettons et sortons de l'autobus.

Il y a un drôle de poisson dans le sable.
— C'est une roussette maillée, dit
Mme Friselis.

Nous nageons un peu plus loin.
Un banc de requins-marteaux passe devant nous.
— Ils chassent la nuit, lit Hélène-Marie dans son livre. Ils ne nous attaqueront pas.

REQUIN-MARTEAU HALICORNE
1,5 À 2,5 MÈTRES DE LONG

Nous regardons les bébés requins s'éloigner.
— Où est leur mère? demande Kisha.
— Les bébés requins se débrouillent tout seuls, dit Mme Friselis.

Il est temps de rentrer à l'école.
Nous nageons vers l'autobus-poisson.

Nous atteignons la plage. L'autobus retrouve sa forme normale et prend le chemin de l'école.

De retour à l'école, nous terminons la peinture murale.
Kisha peint un bébé requin.
Jérôme dessine des bourses de sirène.
Nous attendons la prochaine sortie avec impatience!

Tous les requins utilisent leurs dents pour chasser, mais chacun à sa façon.

Dents de grand requin blanc
Servent à couper la chair
des gros animaux
De 3 à 5 cm

Dents de requin citron
Servent à transpercer les pieuvres
et les petits poissons
Jusqu'à 2,5 cm

Dents de requin-nourrice
Servent à broyer les crabes
et les oursins
Jusqu'à 1,2 cm

COMBIEN DE BOURSES DE SIRÈNE AS-TU VUES? SI TU EN AS COMPTÉ 13, TU LES AS TOUTES TROUVÉES!